魂の木 Soul tree

Luna

文芸社

まえがき

つらいとき　くるしいとき
人《ひと》は　魂《たましい》のありかを　探《さが》し始《はじ》める。

魂《たましい》のありかが見《み》つかった人《ひと》は
くるしみから　ぬけだすことができるだろう。
自分《じぶん》の魂《たましい》の声《こえ》に導《みちび》かれて……

魂《たましい》のありかが見《み》つからないとき
人《ひと》は暗闇《くらやみ》の中《なか》にいる　たったひとりで……

それでも魂《たましい》のありかを見《み》つけようとする
そんな人《ひと》に
この物語《ものがたり》を贈《おく》ります。

さし絵／平岡真穂

魂の木（Soul tree）／目次

I

「今《いま》ここにいるんだから、
ここのくらしを楽《たの》しんだら
どうだい」

「おや、目《め》が覚《さ》めたかね？」

「ええ。あのう、ここはどこなんでしょう？」

「ここは、わたしの家《いえ》さ」

「えーと、あなたはどなたですか？」

「おやっ、わたしのことを知《し》らないのかね？」

「ええ」

不思議《ふしぎ》そうにそのおばあさんの顔《かお》を見《み》つめたが、わたしは何一《なにひと》つ思《おも》い出《だ》せなかった。しかし、おばあさんは、わたしのことを知《し》っているらしい。何《なに》か話《はな》していれば、そのうちこのおばあさんのことも思《おも》い出《だ》すかもしれない。

「ところで、今何時《いまなんじ》ですか？」

「時間《じかん》を聞《き》きたいのかね？」

「はい」

「困《こま》ったねぇ」

「はっ？」

「いえね、ここには時計《とけい》というものがないんでね。気《き》になるようなら、窓《まど》を開《あ》けてごらん？」

そう言《い》われて、ベッドからおりて、ベッドの後《うし》ろのカーテンを開《あ》けると大《おお》きな木《き》の向《む》こうに太陽《たいよう》がほんの少《すこ》し頭《あたま》をのぞかせていた。

「十時《じゅうじ》くらいかしら？」

とわたしがつぶやくと、

「あんたたちの時間《じかん》だと、そうかもしれないねぇ」

と相《あい》づちをうつように、おばあさんは落《お》ち着《つ》きはらって答《こた》えた。

「あんたたちの時間《じかん》って？　じゃあ、ここはどこなんですか？」

「うーん、困《こま》ったねぇ」

「はっ？」

「いえね、ここには住所《じゅうしょ》なんてないんでね。ついでに地図《ちず》にも載《の》ってないしねえ」

「じゃあ、わたしは、どうやってここに来《き》たんでしょう？」

「おや、覚《おぼ》えてないのかい？」

「はい」

「全然《ぜんぜん》?」

「ええ、全然《ぜんぜん》」

「でもね、どうやって来《き》たかなんて心配《しんぱい》しなくても大丈夫《だいじょうぶ》。なんてったって、あんたは、もうここにいるんだからね」

「だって、どうやって来《き》たかがわからないと、帰《かえ》るときに困《こま》るもの」

「おやおや、来《き》たばかりだというのに、もう帰《かえ》る心配《しんぱい》かい。いつのまにか来《き》ちゃったっていうことは、帰《かえ》るときはいつのまにか帰《かえ》ってるってことさ」

「どうしてわたしは、ここにいるんでしょう?」

「そうさねぇー、いろいろ不思議《ふしぎ》に思《おも》うのも、あんたの勝手《かって》だけど、今《いま》ここにいるんだから、ここの暮《く》らしを楽《たの》しんでみたらどうだい? さっき外《そと》を見《み》たろう。外《そと》に出《で》てごらんよ。外《そと》に出《で》たら、そんなことも気《き》にならなくなるさ」

おばあさんと話《はな》しても、何一《なにひと》つわかったわけではなかった。けれど、おばあさんと話《はな》していると、わからないことへの不安《ふあん》が気《き》にならなくなっていった。不安《ふあん》のかたまりが、すうっと消《き》えると、おなかが〝ぐぅー〟となった。

「外《そと》に出《で》かける前《まえ》に、腹《はら》ごしらえだね。さぁ、こっちへおいで」

おばあさんは、部屋《へや》のすみっこにある小《ちい》さなドアを開《あ》けて出《で》ていった。しばらくその開《あ》いたドアを見《み》ていると、またおなかが〝ぐぅー〟となった。

「はいはい、わかったわ。あなたの言《い》う通《とお》りにするわ」

わたしも、ドアの向《む》こうにすすんだ。

II

「だからね、試《ため》してみたら
いいよ。いろいろ試《ため》してみれば、
わかるさ」

小《ちい》さな丸《まる》テーブルには、黄色《きいろ》い生地《きじ》に小花《こばな》がプリントされたテーブルクロスがかけられていた。テーブルの上《うえ》には、美《うつく》しい花《はな》を刺繍《ししゅう》してあるティーポットカバーがあり、真《ま》っ白《しろ》いティーカップと真《ま》っ白《しろ》いお皿《さら》にスコーンが二《ふた》つのっていた。

「なんだか、おとぎ話《ばなし》みたい」

「そうかね。そうしたら、さしずめ、わたしは魔法使《まほうつか》いのおばあさんってとこだね」

「あら、魔法使《まほうつか》いだなんて」

そう言《い》いながら、おばあさんをちらっと横目《よこめ》で見《み》た。鼻《はな》はかぎ鼻《ばな》じゃないし、真《ま》っ黒《くろ》な服《ふく》を着《き》ているわけでもなく、魔法《まほう》のほうきやつえが似合《にあ》いそうにもない。だけど、魔法《まほう》とか使《つか》えそうな不思議《ふしぎ》な感《かん》じだ。

「でも、おばあちゃんって魔法使《まほうつか》いのおばあさんって感《かん》じとはちがうわ」

そう言《い》うと、おばあちゃんはケラケラ笑《わら》って、

「どうして、絵本《えほん》に出《で》てくる魔法使《まほうつか》いっていうのは、どれもこれもぎょろ目《め》、かぎ鼻《ばな》、黒《くろ》ずきんってかっこうなのかねぇ。そんなかっこうで、つえかほうきを持《も》ちゃあいいんなら、誰《だれ》だって簡単《かんたん》に魔法使《まほうつか》いになれるさ」

そう言《い》って、ふうっと息《いき》をつくと、ティーポットカバーをとり、カップに紅茶《こうちゃ》を注《そそ》ぎながら、

「わたしの紅茶《こうちゃ》は、魔法《まほう》なんか使《つか》わなくてもおいしいんだよ。それに、このスコーン。これもなかなかどうして。どうぞ、めしあがれ」

「じゃあ」と言《い》いかけたところで、またもやおなかが〝ぐうー〟。

おばあちゃんは、にっこり笑《わら》った。

「いっただきまーす」

がぶりとスコーンをかじったら、スコーンは、ほろっと口《くち》に広《ひろ》がり、すうっと喉《のど》を通《とお》っていった。そこで、紅茶《こうちゃ》を一口《ひとくち》。そして、またスコーンをがぶり、紅茶《こうちゃ》を一口《ひとくち》。またたくまにお皿《さら》とカップはからっぽ。

「どうかね。おなかの具合《ぐあい》は？」

そう聞《き》かれて、ようやくおなかがいっぱいになっていることに気《き》づいた。

「おなかいっぱいです。それにとてもおいしかった」

「そうかい。そりゃあよかった。最初《さいしょ》に、あんたの〝ぐうー〟を聞《き》いたときに、これだとスコーン二《ふた》つかなって思《おも》ったんだけど、最後《さいご》におまけの〝ぐうー〟があっただろう。だから、ちょっぴり足《た》りなかったんじゃないかと思《おも》ってさ」

「おなかの〝ぐうー〟で食《た》べる量《りょう》がわかるんですか?」

「そうさねぇ、誰《だれ》もが〝ぐうー〟ってわけじゃないんだけどね。あんたの場合《ばあい》は〝ぐうー〟だったね」

「へぇー、すごいなぁー」

「ふふ、すごくなんかないさ。誰《だれ》にだってわかることとさ」

「じゃあ、わたしでも?」

「もちろんさ。知《し》りたいと思《おも》えば、わかることとさ」

「ふーん。じゃあ、うちのママがいつも食《た》べきれない量《りょう》の朝《あさ》ご飯《はん》を出《だ》すのはわたしのことを知《し》りたいと思《おも》っていないから？」

「簡単《かんたん》に言《い》うと、そうだけどねぇー。大人《おとな》っていうのは、そんなに簡単《かんたん》じゃあないからね」

「じゃあ、簡単《かんたん》に言《い》わなかったら？」

「そうさねぇー。全部話《ぜんぶはな》そうと思《おも》ったら、ご飯《はん》を三回食《さんかいた》べるくらいの時間《じかん》がかかるね」

「丸一日《まるいちにち》？」

「ははぁ、あんたは一日《いちにち》にご飯《はん》を三回食《さんかいた》べるんだね」

「あら、わたしだけじゃなくって、みんなそうしてるわ」

「一日《いちにち》に三回《さんかい》ご飯《はん》を食《た》べるって誰《だれ》が決《き》めたんだい？」

「さぁ、誰《だれ》かが決《き》めたわけじゃないと思《おも》うけど、そうするのがちょうどいいんじゃないかな?」

「ちょうどいいか、なるほどねぇー。ところで、ご飯三回分《はんさんかいぶん》かけて話《はな》した方《ほう》がいいかね?」

「ごはん三回分《さんかいぶん》はちょっと」

「じゃあ、知《し》りたくなったら、そうお言《い》い。ただ、あんたのママは知《し》りたいってことをちょっと忘《わす》れてるんだよ」

「忘《わす》れてる?」

「そう、忘《わす》れてるんだね」

「じゃあ、思《おも》い出《だ》すことがあるのかしら?」

「そう、思《おも》い出《だ》したくなったらね」

「どうして、今《いま》は思《おも》い出《だ》したくならないんだろう?」

「おやおや、ご飯三回分《はんさんかいぶん》の話《はなし》になってきたね」

「ふふっ、なんだかよくわからないけど、この話《はなし》は、また今度《こんど》にするわ」

「そうさね。少《すこ》しここにいれば、自然《しぜん》といろんなことがわかるようになるさ。それにしても、あんたは、ずいぶん自分《じぶん》のことがわかってる子《こ》だね」

「えーそうかなぁ。よくわからなくなるんだけどなぁ」

「ふふ、そんなふうに言《い》えるってことは、自分《じぶん》のことがわかっているからだよ。とりあえず、今《いま》の自分《じぶん》がね」

「ふーん、そうかなぁ」

「そうさ」

「なんだか不思議《ふしぎ》。おばあちゃんとだったら、いくらでも話《はな》せちゃう」

「そうかね。そりゃあ不思議《ふしぎ》だね。さっき初《はじ》めて逢《あ》ったばかりなのにね。ところで、あんたはなんていう名前《なまえ》なんだい？」

「わたしの名前《なまえ》？　未来《みく》っていうの」

「〝ミク〟ちゃんか、あんたにピッタリの名前《なまえ》だねぇー」

「ありがとうございます。わたしも、この名前《なまえ》、気《き》に入《い》っているの。でも、おばあちゃん、名前《なまえ》にピッタリじゃない人っているの？」

「ああ、意外《いがい》に多《おお》いねぇー。最近《さいきん》は、子《こ》どもが生《う》まれる前《まえ》から、男《おとこ》か女《おんな》かもわかるし、そのせいかねぇー、子《こ》どもの顔《かお》を見《み》る前《まえ》から名前《なまえ》を決《き》めたりしてるだろ。名《な》は体《たい》を表《あらわ》すっていうのに、名《な》と体《たい》が合《あ》っていなくても平気《へいき》だからねぇー」

「顔《かお》を見《み》れば、ピッタリかどうか、おばあちゃんにはわかるの？」

「もっちろん。いや、これは、わたしだけじゃなく、誰《だれ》にだってわかることなんだよ」

「そうなの。じゃあ、ピッタリじゃない名前《なまえ》をつけちゃう人《ひと》って、それがわからないの？」

「いや、わからないんじゃなくて、子《こ》どもを見《み》ていないんだね。子《こ》どもをちゃんと見《み》て、その子《こ》にピッタリな名前《なまえ》かどうか考《かんが》えようとしないんだ」

「ふーん。あっ、そうだ。おばあちゃんは、なんていう名前《なまえ》なの？」

「わたしの名前《なまえ》かい？」

「うん。おばあちゃんっていうとなんだかお年寄《としよ》りみたいだし」

「わたしの名《な》かい？　長《なが》いこと、名前《なまえ》でなんて呼《よ》ばれたことなかったねぇー。わたしの名前《なまえ》はね、〝イエシエ〟っていうんだ」

「エシエ？」

「イエシエ。長《なが》い間《あいだ》、名前《なまえ》でなんて呼《よ》ばれてないから、人《ひと》から名前《なまえ》で呼《よ》ばれると妙《みょう》な感《かん》じだね。おばあちゃんでいいよ。ミクちゃんも、その方《ほう》が言《い》いやすいだろう？」

「そうですね。ちょっと発音《はつおん》が難《むずか》しくて。あっ、それからわたしのこと、〝ミク〟って呼《よ》んでください。みんなから〝ミク〟とか〝ミック〟とか呼《よ》ばれているから」

「じゃあ、そうしようかね。ところで、ミク、ここでの暮《く》らしについて、一《ひと》つだけ話《はな》しておこうかね」

「はい」

「ここでは、いつ何《なに》をしてもかまわない。すべて、自分《じぶん》のことは自分《じぶん》で決《き》めることになっている。ただし、何《なに》か困《こま》ったことがあったら、いつでもわたしに聞《き》いておくれ」

「全部自分《ぜんぶじぶん》で？　じゃあ、朝起《あさお》きる時間《じかん》も、何《なに》を食《た》べるかも、学校《がっこう》に行《い》くかどうかも自分《じぶん》で決《き》めていいの？」

「ああ、もちろん。それから、言《い》い忘《わす》れていたけど、ここには学校《がっこう》がないんだ」

「ええっ、学校《がっこう》がないの？」

「ああ、残念《ざんねん》かい？」

「ええ、残念《ざんねん》っていうか、学校《がっこう》に行《い》かない間《あいだ》、何《なに》をしたらいいのかしら？」

「それは、自分《じぶん》で考《かんが》えるんだね。言《い》っとくけど、別《べつ》に勉強《べんきょう》しなくてもいいんだ。でも、勉強《べんきょう》したくなったらすればいい。そこが、学校《がっこう》さ。この家《いえ》の中《なか》でも、外《そと》でも、どこでもね」

「……」

「学校《がっこう》っていうところに行《い》っているからって、勉強《べんきょう》しているとは限《かぎ》らないだろう？」

「ふふっ、それはそうね。でも、勉強《べんきょう》しなくても、学校《がっこう》には友《とも》だちがいるからなぁ」

「なるほどね。だけど、ここにだって友《とも》だちはいるだろう？」

「おばあちゃん？」

「そうだね、わたしだって友《とも》だちになれるだろうさ。だけど、友《とも》だちは人間《にんげん》だとは限《かぎ》らないよ」

「自然《しぜん》？」

「そう、ここにあるすべてのものと、その気《き》になれば友《とも》だちになれるさ。気持《きも》ちの通《つう》じ合《あ》うもののことを、友《とも》だちと呼《よ》ぶのならね」

「しゃべらなくても、気持《きも》ちは通《つう》じ合《あ》うものなの？」

「そうさねぇー。じゃあ、ミク、しゃべれると気持《きも》ちは通《つう》じ合《あ》うかい？」

「そんなことないなぁ」

「そうかい。じゃあ、しゃべれるかどうかは必《かなら》ずしも気持《きも》ちが通《つう》じ合《あ》うこととは関係《かんけい》ないのかもね」

「そうかぁ」

「だからね、試《ため》してみたらいいよ。いろいろ試《ため》してみれば、わかるさ」

「わかるって、そういうことなんだ」

「そう、そうなんだよ。ミク、あんたはやっぱりすごい子《こ》だね」

「そんなこと言《い》われたの、初《はじ》めて。いつも、ぼぉーっとしてる子《こ》だって言《い》われてるから。でもね、ここでおばあちゃんと話《はな》してると、自然《しぜん》にいろんなことがわかってきて、言《い》いたいことが次々《つぎつぎ》思《おも》いうかぶの」

「そりゃあ、うれしいねぇー」

III

「ベルの花《はな》が、ここに来《き》て演奏会《えんそうかい》をやってくれているみたいだねぇー」

ここでの暮《く》らしは快適《かいてき》だった。快適《かいてき》といっても、自分《じぶん》の家《いえ》のように冷暖房《れいだんぼう》があるわけでも、テレビやゲームやまんががあるわけでも、スナック菓子《がし》があるわけでもなかった。

わたしの部屋《へや》にはベッドと小《ちい》さな鏡《かがみ》が一《ひと》つだけ。ただ、ベッドの上《うえ》の壁《かべ》には、赤《あか》いギンガムチェックのリボンで飾《かざ》られた、小《ちい》さな魔女《まじょ》のほうきのようなものがつるしてかざってあった。ベッドカバーとピローケースもおそろいの赤《あか》のギンガムチェックで、白《しろ》い部屋《へや》の中《なか》で、わたしの落《お》ち着《つ》ける場所《ばしょ》を示《しめ》してくれていた。

リビングは、モスグリーンのカーペットにグリーンのチェックのソファーがいくつかおいてあり、真《ま》ん中《なか》に木《き》のテーブルがある。かたすみにはロッキングチェアーがあった。

リビングの窓《まど》からは、大《おお》きな木《き》が見《み》えた。どっしりと大地《だいち》に根《ね》を張《は》り、美《うつく》しい緑《みどり》の葉《は》をしげらせていた。葉《は》は光《ひかり》があたると、きらきらきらきら、さまざまな光《ひかり》のダンスを見《み》せてくれた。風《かぜ》がふくと、さやさやささやいたり、ゴォーッとうなったり、いろんなメロディーをかなでてくれた。光《ひかり》も風《かぜ》もおだやかだと、鳥《とり》がやってきて歌《うた》ってくれた。独唱《どくしょう》だったり合唱《がっしょう》だったり、ときには発声練《はっせいれん》習《しゅう》だったりした。雨《あめ》が降《ふ》ると、雨音《あまおと》のリズムセッションが始《はじ》まる。強《つよ》くなったり弱《よわ》くなったり、どんどんリズムを変化《へんか》させながら延々《えんえん》と続《つづ》いていく。

最初《さいしょ》の一週間《いっしゅうかん》は、日《ひ》の出《で》を数《かぞ》えて過《す》ごした。そのころは、どこかで家《いえ》に帰《かえ》ることを考《かんが》えていた。家《いえ》に帰《かえ》ったら、ここでどのようなものを見《み》、どのようなものを聞《き》き、どう過《す》ごしたかを説明《せつめい》しなくてはならないと思《おも》っていたからだ。そのために日々《ひび》の出来事《できごと》を記録《きろく》した。

ところが八日目《ようかめ》あたりから、書《か》きたいことが変《か》わってきた。日々《ひび》の暮《く》らしの記録《きろく》では書《か》くことがなくなってしまったのだ。そのかわり、自分《じぶん》の心《こころ》の中《なか》に表《あらわ》れるさまざまな感情《かんじょう》を書《か》き留《と》めることが楽《たの》しくなってきた。

今日《きょう》は、朝食《ちょうしょく》を食《た》べると、丘《おか》のてっぺんの方《ほう》へ行《い》ってみた。わたしの部屋《へや》から見《み》える丘《おか》のてっぺんのやわらかな線《せん》の真《ま》ん中《なか》に立《た》ったら、わたしが今《いま》いる家《いえ》や家《いえ》のすぐそばの大《おお》きな木《き》や、広《ひろ》い草原《そうげん》、そして丘《おか》の向《む》こう側《がわ》の新《あたら》しい景色《けしき》が見《み》られると思《おも》ったからだ。

丘《おか》のてっぺんは、窓《まど》から見《み》ているよりずっと遠《とお》くにあった。歩《ある》いても歩《ある》いても、ずっと同《おな》じ景色《けしき》が続《つづ》いていた。最初《さいしょ》は、丘《おか》のてっぺんをずっと見《み》ながら歩《ある》いていたが、そのうち、足《あし》もとを見《み》ると、小《ちい》さなかわいい花《はな》が、ところどころに咲《さ》いていた。最初《さいしょ》に見《み》つけたのは、黄色《きいろ》い花《はな》。風《かぜ》にゆれてふるえている花《はな》から、音楽《おんがく》が聞《き》こえてくるようだった。しゃがんでよく見《み》ると、ベルのような形《かたち》をしていた。その花《はな》は、少《すこ》しずつ形《かたち》や大《おお》きさがちがっていた。おばあちゃんのおみやげにつんで帰《かえ》ろうと思《おも》ったけど、つんでしまったら、このメロディーは聞《き》こえなくなると思《おも》ったので、つまないで、いっぱいメロディーを聞《き》いておくことにした。

ベルのメロディーが聞《き》こえなくなると、ブルーの小《ちい》さな花《はな》が太陽《たいよう》に向《む》かって、これ以上《いじょう》開《ひら》けないというくらい開《ひら》いて咲《さ》いていた。小《ちい》さな小《ちい》さな花《はな》なのに、太陽《たいよう》の光《ひかり》を全身《ぜんしん》にあびて、空《そら》の色《いろ》をうつしているような見事《みごと》なブルーだった。

花《はな》と同《おな》じように、太陽《たいよう》の光《ひかり》をいっぱいあびようと、草原《そうげん》の上《うえ》に寝《ね》そべってみた。最初《さいしょ》は、まぶしいと感《かん》じていた光《ひかり》が、心地《ここち》よく感《かん》じられてきて、そのうち、その光《ひかり》の中《なか》に溶《と》けてしまいそうな気《き》さえしてきた。わたしの体《からだ》も空《そら》の色《いろ》をうつして、ブルーになっているかな？ と想像《そうぞう》すると、笑《わら》ってしまった。

目《め》を開《あ》けると、あたり一面草原《いちめんそうげん》だった。丘《おか》のてっぺんも見《み》えなくなっていた。立《た》ち上《あ》がって、ふりかえっても、何《なに》も見《み》えなかった。なんだか、不安《ふあん》になって、歩《ある》いて来《き》た方《ほう》に向《む》かって、ひたすら歩《ある》いていった。そのうち、ようやく家《いえ》が見《み》えてきて、ほっとした。もしかしたら、そこが丘《おか》のてっぺんだったのかもしれないけど、そのときは、そのことに気《き》づきもしなかった。家《いえ》の外《そと》のベンチに座《すわ》っているおばあちゃんが見《み》えたので、うれしくなって、家《いえ》に向《む》かってかけ出《だ》していたから。

おばあちゃんにベルの花《はな》やブルーの花《はな》の話《はなし》をすると、おばあちゃんはいつものように、にっこり笑《わら》って楽《たの》しそうに話《はなし》を聞《き》いてくれた。

ベルのメロディーをスキャットにして歌《うた》うと、

「ベルの花《はな》が、ここに来《き》て演奏会《えんそうかい》をやってくれているみたいだねぇー」

と言《い》って喜《よろこ》んでくれた。

Ⅳ

走《はし》るのをやめれば、苦《くる》しさから解放《かいほう》
されるのはわかっているのに、走《はし》るのを
やめることはできなかった。

　いつのまにか、日《ひ》の出《で》を数《かぞ》えなくなっていた。朝《あさ》は、窓《まど》からさしこむ太陽《たいよう》の光《ひかり》や小鳥《ことり》のさえずりで目覚《めざ》めた。家《いえ》にいたときのように、目覚《めざ》まし時計《どけい》がなっても、まだ眠《ねむ》たいと思《おも》ったりするようなことはなかった。何時間《なんじかん》眠《ねむ》ったのか定《さだ》かではないけれど、目《め》が覚《さ》めたときには眠気《ねむけ》はどこかにいっていた。

　目《め》が覚《さ》めると、自然《しぜん》におなかがすき、リビングに行《い》くと、スープのかおりがたちこめていた。おばあちゃんが裏庭《うらにわ》で育《そだ》てている、ハーブの入《はい》った特製《とくせい》スープだ。そして、裏庭《うらにわ》でつくっている野菜《やさい》のサラダに、おばあちゃんご自慢《じまん》のスコーン。そして、たまに、どこかに出《で》かけて見《み》つけてくる鳥《とり》のたまごのゆでたまご。大《おお》きさがいつもちがっているから、いろんな鳥《とり》のたまごらしい。おばあちゃんが持《も》って帰《かえ》るたまごは、いつも一個《いっこ》。そして、いつもわたしにだけ、たまごを食《た》べさせてくれる。おばあちゃんが見《み》つけたたまごをわたしだけ食《た》べるのは気《き》がひけて、そのことを話《はな》したことがある。

「おばあちゃん、おいしいたまご、いつもありがとう。でも、わたしばかり食《た》べるの悪《わる》いから、今日《きょう》はおばあちゃんが食《た》べて」

「ありがとう、ミク。たまごはなぁ、命《いのち》のもとだからね。ミククらいの育《そだ》ちざかりの子《こ》に、必要《ひつよう》な食《た》べ物《もの》なんじゃよ。わたしくらいになると、もう命《いのち》のもとは必要《ひつよう》ないんじゃ。それにな、鳥《とり》だって、自分《じぶん》たちの命《いのち》をつなぐためにたまごを産《う》んでるんじゃから、必要《ひつよう》のないものを横取《よこど》りしてはいかんのだよ。だから、心配《しんぱい》しなくていいんだよ。たまごが出《で》たときは、遠慮《えんりょ》しないでしっかりお食《た》べ。

遠慮《えんりょ》して食《た》べてたら、せっかくのたまごの栄養《えいよう》が身《み》につかないからね」

それからというもの、たまごが食卓《しょくたく》に出《で》た日《ひ》には、真《ま》っ先《さき》にたまごを食《た》べるようになった。ほんのひとつまみの塩《しお》をかけて食《た》べるたまごは、からっぽの胃《い》袋《ぶくろ》の中《なか》に入《はい》ると、待《ま》ってましたとばかりに胃《い》の中《なか》の細胞《さいぼう》に吸収《きゅうしゅう》されていくような気《き》がするからだ。

あるとき、そのことをおばあちゃんに話《はな》すと、

「そりゃあ、いいねぇー。ミクの体《からだ》の中《なか》に入《はい》ったたまごは、何倍《なんばい》ものエネルギーを出《だ》してるね」

とケラケラ笑《わら》いながら言《い》った。

おいしいたまごを食《た》べた後《あと》、家《いえ》の前《まえ》のベンチに座《すわ》り、外《そと》の景色《けしき》を眺《なが》めていた。このベンチからの景色《けしき》は、いつ見《み》ても新鮮《しんせん》だ。丘全体《おかぜんたい》をおおう草《くさ》は、日《ひ》に日《ひ》に生長《せいちょう》しているし、その日《ひ》の風向《かざむ》きによってなびき方《かた》もさまざまだ。丘《おか》の上《うえ》に一本《いっぽん》だけある大《おお》きな木《き》は、いつも変《か》わらずどっしりとそこにあるけれど、四方《しほう》八方《はっぽう》にのびた枝《えだ》には、いろんな鳥《とり》がやってくる。それぞれの鳥《とり》が、自分《じぶん》のお気《き》に入《い》りの枝《えだ》を見《み》つけ、羽《はね》を休《やす》めている。そして、みんなでのど自慢《じまん》をしたり、大合唱《だいがっしょう》をしたり、パートナーを見《み》つけたり、というようなことを飽《あ》きもせずくりかえしている。

その日初《ひはじ》めて、わたしは瑠璃色《るりいろ》の鳥《とり》を見《み》つけた。ここにやってくる鳥《とり》は、草原《そうげん》に咲《さ》く花《はな》たちと同《おな》じように、可憐《かれん》で元気《げんき》いっぱいの鳥《とり》ばかりだった。羽《はね》の

maho.

色《いろ》もいたってシンプルで、白《しろ》にグレーの斑点《はんてん》とか薄《うす》いブルーの鳥《とり》だった。ところが、その鳥《とり》は、人目《ひとめ》をひく深《ふか》い蒼色《あおいろ》をしており、飛《と》んでいるときは、羽《はね》が宝石《ほうせき》のように輝《かがや》いていた。初《はじ》めてこの木《き》に来《き》たせいか、なかなか自分《じぶん》の枝《えだ》を見《み》つけることができず、あっちの枝《えだ》、こっちの枝《えだ》と飛《と》び回《まわ》っていた。飛《と》び回《まわ》っている羽《はね》に光《ひかり》があたり、羽《はね》が輝《かがや》くと、そこらじゅうに宝石《ほうせき》をまいて飛《と》んでいるように見《み》えた。そのうち、他《ほか》の鳥《とり》のいない枝《えだ》の先《さき》っぽに落《お》ち着《つ》いた。あちこち飛《と》んでくたびれたのか、枝《えだ》にとまると、ぴくりとも動《うご》かなくなった。まわりの鳥《とり》たちは、最初《さいしょ》はあまりにも美《うつく》しい鳥《とり》なので、その瑠璃色《るりいろ》の鳥《とり》が飛《と》んでいる様子《ようす》をじっと見《み》ていた。そして、枝《えだ》にとまってからも、しばらくはその鳥《とり》の様子《ようす》をうかがっていたが、見慣《みな》れてしまうと、いつものように、楽《たの》しそうなさえずりを始《はじ》め、瑠璃色《るりいろ》の鳥《とり》のことなど気《き》にもしなくなったようだ。

わたしはというと、瑠璃《るり》色の鳥《とり》のことが気《き》にかかってしょうがなかった。まわりの鳥《とり》たちのにぎやかさなどおかまいなしで、ずっと遠《とお》い空《そら》の方《ほう》を見《み》つめているのだ。しかも、何《なに》かを待《ま》っているように、ずっと同《おな》じ方向《ほうこう》に目《め》を向《む》けている。けれど、瑠璃色《るりいろ》の鳥《とり》が見《み》つめている空《そら》の方《ほう》を見《み》ても、何《なに》かがやってくる気《け》配《はい》も、何《なに》かが起《お》こりそうな気配《けはい》も感《かん》じられなかった。

おしゃべりに飽《あ》きた鳥《とり》たちが、別《べつ》のところへ遊《あそ》びに行《い》ったり、他《ほか》の鳥《とり》が羽《はね》を休《やす》めに来《き》ても、瑠璃色《るりいろ》の鳥《とり》はじっとその枝《えだ》にとまったままだった。

わたしは、瑠璃色《るりいろ》の鳥《とり》のことが気《き》にかかってしょうがなかったが、このままここにいると、朝《あさ》の散策《さんさく》に出《で》かけられなくなってしまうと思《おも》い、立《た》ち上《あ》がって、木《き》の方《ほう》へ向《む》かって歩《ある》き出《だ》した。

　と、そのとき、聞《き》き慣《な》れないピーという甲高《かんだか》い鳴《な》き声《ごえ》がした。瑠璃色《るりいろ》の鳥《とり》だった。もう一度《いちど》ピーと鳴《な》き、空《そら》に向《む》かって羽《はね》をバタバタさせた。すると、その方向《ほうこう》から一羽《いちわ》の鳥《とり》がやってきた。遠《とお》くでもきらきら輝《かがや》くその羽《はね》は、同《おな》じような瑠璃色《るりいろ》をした鳥《とり》だった。二羽《にわ》は、出逢《であ》った場所《ばしょ》で、楽《たの》しくダンスをするように、しばらくもつれ合《あ》って飛《と》んでいた。そして、今度《こんど》は蝶々《ちょうちょ》のように、ゆっくりと羽《はね》を動《うご》かしながら、互《たが》いが上《うえ》になったり、下《した》になったりして飛《と》んでいった。

　わたしは、その鳥《とり》たちがどこへ向《む》かうのか知《し》りたくて、草原《そうげん》をかけ出《だ》していた。空《そら》を飛《と》ぶ鳥《とり》と同《おな》じように走《はし》れるわけではないのに、二羽《にわ》の瑠璃色《るりいろ》の鳥《とり》を追《お》いかけて、ひたすら走《はし》り続《つづ》けた。

走《はし》っても走《はし》っても同《おな》じような草原《そうげん》が続《つづ》いた。これまでも、朝《あさ》の散策《さんさく》でいろいろなところに出《で》かけたが、この草原《そうげん》が続《つづ》く景色《けしき》だけは同《おな》じだった。家《いえ》が建《た》ち並《なら》び、少《すこ》し行《い》くと、山《やま》があったり、川《かわ》があったり、海《うみ》があったりする町《まち》で育《そだ》ったわたしにとっては、どこまで行《い》っても同《おな》じ景色《けしき》が続《つづ》くというのは、驚異《きょうい》でしかなかった。

小《ちい》さな町《まち》で、毎日同《まいにちおな》じ人《ひと》たちと顔《かお》を合《あ》わせ、あまり変《か》わりばえしない日々《ひび》を過《す》ごしていたときは、広大《こうだい》な自然《しぜん》に憧《あこが》れ、もっと広《ひろ》い世界《せかい》を見《み》てみたいと思《おも》っていた。

走《はし》り続《つづ》けていると、だんだん息《いき》が苦《くる》しくなってきた。走《はし》るのをやめれば、苦《くる》しさから解放《かいほう》されることはわかっているのに、走《はし》ることをやめることはできな

かった。立《た》ち止《ど》まったら、息苦《いきぐる》しさよりつらい、大《おお》きな不安《ふあん》にさらされること

を無意識《むいしき》のうちに感《かん》じとっていたのかもしれない。

そうやって走《はし》り続《つづ》けた先《さき》に、突然《とつぜん》、瑠璃色《るりいろ》の鳥《とり》と同《おな》じ色《いろ》をした湖《みずうみ》が広《ひろ》がって

いた。

V

あの出来事《できごと》は、今《いま》でも
一分《いっぷん》一秒《いちびょう》、同《おな》じように
心《こころ》の中《なか》に再現《さいげん》できる。

今思《いまおも》い返《かえ》しても、そのときの感動《かんどう》は、なんと表現《ひょうげん》したらよいかわからない。あの出来事《できごと》は、今《いま》でも一分一秒《いっぷんいちびょう》同《おな》じように心《こころ》の中《なか》に再現《さいげん》できる。あの素晴《すば》らしい思《おも》いを誰《だれ》かに伝《つた》えたいと思《おも》うとき、その人《ひと》がわたしの心《こころ》に入《はい》りこみ、そして、わたしの心《こころ》のビデオの再生《さいせい》ボタンを押《お》すことができれば、この感動《かんどう》を分《わ》かち合《あ》えるのにと、本気《ほんき》で思《おも》ったものだ。

これほど走《はし》り続《つづ》けたことはないというほど走《はし》ってきたので、たどり着《つ》いたときは、自分《じぶん》の体《からだ》がどうなったのかわからないような状態《じょうたい》で地面《じめん》にたおれこんでいた。

たおれこんだ先《さき》に見《み》える湖《みずうみ》には、瑠璃色《るりいろ》の鳥《とり》の仲間《なかま》たちがたくさんいた。そこでは、それぞれの鳥《とり》が競《きそ》い合《あ》うように美《うつく》しい声《こえ》で歌《うた》っていた。それらの鳥《とり》がいっせいに大空《おおぞら》を飛《と》び、それぞれ羽《はね》をはばたかせると、光《ひかり》をあびたその羽《はね》から、美《うつく》しい宝石《ほうせき》がいっせいに降《ふ》ってくるように見《み》えた。そして、その宝石《ほうせき》が湖《みずうみ》の水面《みなも》に落《お》ちるとき、水面《みなも》は玉虫色《たまむしいろ》のような光《ひかり》を放《はな》った。

湖《みずうみ》の水《みず》を手《て》ですくってみると、手《て》ですくった水《みず》も瑠璃色《るりいろ》だった。瑠璃色《るりいろ》の水《みず》を飲《の》んでみた。水《みず》は糸《いと》をひくようにすーっと喉《のど》を通《とお》っていった。瑠璃色《るりいろ》の水《みず》が通《とお》ったあとが、ひとすじの道《みち》になっているように感《かん》じられた。味《あじ》もにおいもまったくないのに、水《みず》が通《とお》った後《あと》に不思議《ふしぎ》な爽快感《そうかいかん》が広《ひろ》がった。

やがて、鳥《とり》たちは、湖《みずうみ》の後《うし》ろに広《ひろ》がる森《もり》に向《む》かって帰《かえ》っていった。家《いえ》の前《まえ》にある木《き》とはちがう、細《ほそ》く高《たか》い木々《きぎ》でできた森《もり》だった。日《ひ》も暮《く》れかかり、おなかもすいてきて、家《いえ》に帰《かえ》らなくてはと思《おも》っているのに、なぜか足《あし》は、森《もり》の方《ほう》に向《む》かっていた。

湖《みずうみ》の対岸《たいがん》から見《み》たときは、すぐ近《ちか》くに見《み》えた森《もり》も、湖《みずうみ》の岸辺《きしべ》に沿《そ》って歩《ある》いていくと結構遠《けっこうとお》かった。走《はし》り続《つづ》けた後《あと》に歩《ある》いているので、疲《つか》れているはずだが、足《あし》が勝手《かって》に森《もり》に向《む》かってすすんでいった。

森《もり》の中《なか》に一歩《いっぽ》足《あし》を踏《ふ》み入《い》れると、草原《そうげん》とはまったくちがう草木《くさき》が地面《じめん》をおおっていた。風《かぜ》がないせいか、わたしが歩《ある》く音《おと》だけが響《ひび》いた。不安《ふあん》を紛《まぎ》らすために、木々《きぎ》の間《あいだ》からかすかに見《み》える空《そら》の方《ほう》を見上《みあ》げていると、きらりと光《ひか》る瑠璃《るり》色《いろ》の鳥《とり》を見《み》つけた。瑠璃色《るりいろ》の鳥《とり》たちのいるところなら安心《あんしん》できる気《き》がして、見《み》え隠《かく》れする瑠璃色《るりいろ》の光《ひかり》を探《さが》しながら、またときどき空《そら》から降《ふ》るように聞《き》こえるさえずりのする方《ほう》へ向《む》かって歩《ある》き続《つづ》けた。

すると、急《きゅう》にまぶしいくらいにきらきら輝《かがや》く木《き》があった。他《ほか》の木《き》とは明《あき》らかに種類《しゅるい》のちがう木《き》に、瑠璃色《るりいろ》の鳥《とり》がとまっているのだった。枝《えだ》の間《あいだ》からさしこむ光《ひかり》が瑠璃色《るりいろ》の鳥《とり》にあたっていた。そうやって瑠璃色《るりいろ》の鳥《とり》のねぐらになっているその木《き》は、おばあちゃんの家《いえ》の前《まえ》にある木《き》にそっくりだった。そう思《おも》うと、おばあさんの家《いえ》の前《まえ》に瑠璃色《るりいろ》の鳥《とり》がとまっていたのも、単《たん》なる偶然《ぐうぜん》ではなさそうだった。瑠璃色《るりいろ》の鳥《とり》の木《き》の根《ね》もとに座《すわ》り、幹《みき》にもたれていると、さっきまでの不安《ふあん》な気持《きも》ちはいつのまにか消《き》えていた。そうすると、走《はし》り続《つづ》け歩《ある》き続《つづ》けた疲《つか》れが出《で》て、眠《ねむ》ってしまった。

その森《もり》の中《なか》で、わたしはまた不思議《ふしぎ》な光景《こうけい》に出逢《であ》った。今《いま》でも、それが、夢《ゆめ》の中《なか》の出来事《できごと》なのか、それとも夢《ゆめ》うつつの中《なか》で見《み》た現実《げんじつ》だったのかわからない。ただ、確《たし》かなのは、夢《ゆめ》であれ現実《げんじつ》であれ、その光景《こうけい》は、わたしの心《こころ》の中《なか》に実在《じつざい》しているものだということだ。

気《き》がついたとき、わたしは大《おお》きな光《ひかり》につつまれていた。その光《ひかり》は、わたしがもたれていた木《き》から放《はな》たれた光《ひかり》だった。思《おも》わず立《た》ち上《あ》がると、木全体《きぜんたい》をおおうようにしていた瑠璃色《るりいろ》の鳥《とり》は見《み》えなくなっていた。やさしくあたたかく瞬《またた》いている光《ひかり》を見《み》ているだけで、涙《なみだ》があふれてきた。どうしようもなく熱《あつ》い想《おも》いがこみあげてきた。そして、ふるえてる心《こころ》のどこかで、わたしは、この木《き》をずっと探《さが》していたのだということに気《き》づいていた。

Ⅵ

（このまま消《き》えてしまいたい）
と思《おも》っても、消《き》えてしまうこと
はできない。

おばあちゃんの家《いえ》に来《く》る前《まえ》、わたしは自分《じぶん》の居場所《いばしょ》を探《さが》していた。わたしは、両親《りょうしん》や妹《いもうと》と一緒《いっしょ》に住《す》んでいて、天涯孤独《てんがいこどく》というわけでもなかったし、家《いえ》の中《なか》に自分《じぶん》の部屋《へや》もあった。学校《がっこう》にも、話《はなし》をする友《とも》だちはいた。ところが、いつのころからか、家《いえ》でも学校《がっこう》でも、居心地《いごこち》の悪《わる》さを感《かん》じるようになっていた。

そんなとき、ママが、

「ミク、最近《さいきん》、ぼぉーっとしていることが多《おお》いけど、学校《がっこう》で何《なに》かあったの？」

と、わたしに聞《き》いてくれた。

「ううん」

「そう、沙也加《さやか》ちゃんのお母《かあ》さんが、クラスでイジメがあるんじゃないかって心配《しんぱい》しておられたから、ちょっと気《き》になっていたのよ。ミクは大丈夫《だいじょうぶ》なの？」

「……」

「何《なに》かイヤなことがあるんなら、言《い》いなさいよ。ママがちゃんと先生《せんせい》に言《い》ってあげるから。本当《ほんとう》に何《なに》もないの？」

「……何《なん》にもないよ」

「本当《ほんとう》？」

「うん」

「じゃあ、何《なに》かあったら、ママに言《い》ってね」

そう言《い》うと、ママは、せかせかと部屋《へや》のそうじを始《はじ》めた。

そのころ、クラスの何人《なんにん》かの女《おんな》の子《こ》が、わたしの方《ほう》を見《み》て、何《なに》かこそこそ話《はな》

すことが続《つづ》いた。その子《こ》たちの方《ほう》を見《み》るともなく見《み》ていると、急《きゅう》に、

「えっ、やだー」

「うっそー」

「やーねぇー」

といった叫声《きょうせい》をあげた。そして、一瞬《いっしゅん》、わたしの方《ほう》をさめた目《め》で見《み》るのだった。

そのとき、

(このまま消《き》えてしまいたい)

と思《おも》った瞬間《しゅんかん》から、なんとなく居心地《いごこち》の悪《わる》さを感《かん》じ、学校《がっこう》でもぼおーっとすることが多《おお》くなったのかもしれない。クラスで、グループ対抗《たいこう》のゲームをした

ときも、なんとなくやっていたら、

「何《なに》やってんのよ」

と言《い》われ、あわてて何《なん》とかしようとすると、ますますうまくいかず、グループのみんなは、

「おまえのせいで負《ま》けたんだぞ」

と、わたしのことを責《せ》めた。

それを見《み》ていた先生《せんせい》が、

「このゲームは、班《はん》の助《たす》け合《あ》いが大切《たいせつ》なゲームです。班《はん》の中《なか》でけんかしていたら、うまくいきません。負《ま》けたからといって、それは、誰《だれ》か一人《ひとり》のせいではありません。友《とも》だちを責《せ》めたりするから、うまくいかなかったのですよ」

と言《い》ってくれた。わたしがほっとしていると、同《おな》じ班《はん》のリーダー格《かく》の子《こ》が、

「あんたのせいで、先生《せんせい》におこられたじゃないの。だから、あんたと同《おな》じ班《はん》になりたくなかったのよ」

と、わたしにだけ聞《き》こえる声《こえ》でつぶやいた。

それを聞《き》いて、また、

(このまま消《き》えてしまいたい)

と思《おも》った。そして、その後《あと》、班《はん》の他《ほか》の子《こ》たちも、わたしとまったく口《くち》をきいてくれなくなった。

今《いま》まで仲《なか》よくしていた子《こ》とも、前《まえ》のように話《はな》せなくなってしまった。友《とも》だちが話《はな》す一言一言《ひとことひとこと》が気《き》になってしかたがなくなった。つい、

(この子《こ》は、本当《ほんとう》はどんなことを思《おも》っているんだろう?)

とか、

(わたしのこと、友《とも》だちと思《おも》ってくれてるのかな?)

というようなことが頭《あたま》にうかんで、一《ひと》つ一《ひと》つの言葉《ことば》や態度《たいど》をリトマス試験紙《しけんし》で調《しら》べるようにしていたら、自分《じぶん》の話《はな》す言葉《ことば》がなくなってしまったのだ。

そんなわけで、学校《がっこう》から帰《かえ》ると家《いえ》にいて、ずっとピアノを弾《ひ》いたりして過《す》ごした。そんなところへ、外《そと》で遊《あそ》んで帰《かえ》ってきた妹《いもうと》が、

「お姉《ねえ》ちゃんたら、ピアノばっかり弾《ひ》いて、クライねぇー。だから友《とも》だちができないいんじゃないの?」

と言《い》った。

それから、家《いえ》でピアノを弾《ひ》かなくなった。そのかわりに、サンルームに座《すわ》って外《そと》の景色《けしき》を見《み》るともなく見《み》ていたら、今度《こんど》はママが、

「ミク、家《いえ》の中《なか》にばかりいたらダメよ。ちょっと、外《そと》で遊《あそ》んできなさい」

と言《い》った。

しかたなく、外《そと》に出《で》たら、クラスの三人組《さんにんぐみ》の女《おんな》の子《こ》たちに会《あ》った。いつものように、わたしの方《ほう》を見《み》て、こそこそ話《はなし》をして、

「やっぱりねぇー」

と言《い》って、三人《さんにん》で笑《わら》い転《ころ》げた。

(このまま消《き》えてしまいたい)

と思《おも》っても、消《き》えてしまうことはできない。わたしは、すぐにでもその場《ば》か

らにげ出《だ》したいのをがまんして、そしらぬ顔《かお》で三人《さんにん》の横《よこ》を通《とお》り過《す》ぎた。そして、曲《ま》がり角《かど》を曲《ま》がったところで、思《おも》いっきり走《はし》り出《だ》した。走《はし》り出《だ》したものの、わたしには行《い》く場所《ばしょ》がなかった。でも、走《はし》っていないと誰《だれ》かに何《なに》か言《い》われそうで、こわかった。人《ひと》のいない方《ほう》に向《む》かって走《はし》っていたら、神社《じんじゃ》のある山《やま》に向《む》かっていた。神社《じんじゃ》の中《なか》の大《おお》きな木《き》のところにたどり着《つ》くと、そこでようやく走《はし》るのをやめることができた。

Ⅶ

「生《う》まれ変《か》わった人生《じんせい》は楽《たの》しかったよ」
それが、今《いま》でもおばあちゃんの元気《げんき》のもと
なんじゃ。

わたしのおばあちゃんが亡《な》くなってから、この神社《じんじゃ》に来《く》るのは初《はじ》めてだった。おばあちゃんは、わたしたちに会《あ》いに、ときどき田舎《いなか》からやってきた。おばあちゃんは、いつも手作《てづく》りのつけものやぼたもちや畑《はたけ》で採《と》れた野菜《やさい》をどっさり持《も》ってきてくれた。そうやってわたしたちに会《あ》いに来《き》てくれるのが、とても楽《たの》しみだった。もう一《ひと》つの楽《たの》しみは、おばあちゃんと二人《ふたり》っきりでお散歩《さんぽ》に出《で》かけることだった。お散歩《さんぽ》しながら、おばあちゃんのお話《はなし》を聞《き》くのが楽《たの》しみだった。お話《はなし》を「もっともっと」とせがんでいるうちにたどり着《つ》いたのが、この神社《じんじゃ》だった。おばあちゃんは、神社《じんじゃ》の入口《いりぐち》に立《た》つと、

「ほぉー、立派《りっぱ》な神社《じんじゃ》じゃな」

と言《い》ったきり、突《つ》っ立《た》ったままで、身動《みうご》きひとつしなかった。

わたしが、

「おばあちゃん！」

と言《い》って、体《からだ》をゆすると、

「中《なか》に入《はい》ってみようか」

と言《い》って、どんどん中《なか》に入《はい》っていってしまった。

薄暗《うすぐら》い道《みち》を敷石通《しきいしどお》りに歩《ある》いていくと、大《おお》きなしめ縄《なわ》がかけてある木《き》があった。

根《ね》もとの方《ほう》は、緑色《みどりいろ》の苔《こけ》がついているし、幹《みき》の一部《いちぶ》は空洞《くうどう》のようになってい
て、半分死《はんぶんし》んでいるように見《み》えた。

「おばあちゃん、あの縄《なわ》は、おまじない？」

「そうかもなぁー。ミク、何《なん》のおまじないだと思《おも》う？」

「死《し》にそうになってるから、死《し》にませんようにっていうおまじない」

「死《し》なないためのおまじないか、なるほどねぇー。そう言《い》われたら、そんな感《かん》じだねぇー」

「そういえば、おばあちゃんが子《こ》どものころ、これくらい年《とし》をとった大《おお》きな木《き》があったんだよ」

「そうなの」

「うん、なつかしいねぇー。みんな、その木《き》が大好《だいす》きでなぁー。こんな縄《なわ》こそかけなかったが、大切《たいせつ》にしたもんじゃ」

「どこにあったの?」

「おばあちゃんが住《す》んでいた村《むら》の小高《こだか》い丘《おか》の上《うえ》にあってな。いつも誰《だれ》か来《き》ていたなぁ」

「村《むら》のたからものだったんだね」

「そうだね。じゃが、こわい噂《うわさ》もあってな。その木《き》が長生《ながい》きするのは、人《ひと》の命《いのち》を吸《す》い取《と》るからだと言《い》う人《ひと》もおったな」

「命《いのち》を吸《す》い取《と》られた人《ひと》がいるの？」

「吸《す》い取《と》られたかどうかはわからんが、確《たし》かにその木《き》の下《した》で死《し》んだ人《ひと》はいたねえ」

わたしは急《きゅう》にこわくなって、おばあちゃんにしがみつくと、

「おばあちゃんが、ミクくらいのとき、木《き》の下《した》で死《し》んでいる人《ひと》がいるって、そりゃあ大《おお》さわぎになったことがあってな。おばあちゃんも、お母《かあ》さんの後《うし》ろにつ

いて、木《き》のところまで行《い》ったんじゃ。するとな、木《き》にもたれかかって眠《ねむ》っているおじさんがいるだけじゃった。そばにいる人《ひと》が、体《からだ》をゆすっても眠《ねむ》ったままじゃった。しばらくして、自転車《じてんしゃ》に乗《の》ってお医者《いしゃ》さんがやってきた。お医者《いしゃ》さんは、あれこれ調《しら》べていたが、『ご臨終《りんじゅう》です』と言《い》って手《て》を合《あ》わせたんじゃ。そうして、そこにいた村《むら》の人《ひと》たちが、リヤカーで、そのおじさんを運《はこ》んだんじゃが、いい夢《ゆめ》でも見《み》ているような幸《しあわ》せそうな顔《かお》をしていてな。死《し》ぬことは、こわいことじゃない気《き》がしたもんじゃ」

「おばあちゃん、今《いま》でも死《し》ぬのはこわくない？」

「そうじゃなぁー。こわくはないが、こうやってミクたちに会《あ》えなくなるのはさみしいなぁ」

「それだけ？」

「うーん、誰《だれ》でもいつかは死《し》ぬからなぁ。でも、どうせ死《し》ぬのなら、あの木《き》の下《した》で死《し》んでいたおじさんのように、眠《ねむ》るように死《し》ねたらうれしいがね。こればっかりは、自分《じぶん》ではどうしようもないことだからね」

それから、おばあちゃんが来《く》るといつもその神社《じんじゃ》に出《で》かけるようになった。そして、そこで何度《なんど》もその木《き》の話《はなし》を聞《き》いた。

何百年《なんびゃくねん》も生《い》き続《つづ》けてきたその木《き》は、他《ほか》の老木《ろうぼく》とはちがって、しっかり根《ね》を張《は》り、幹《みき》もみっちりつまっていて、春《はる》には美《うつく》しい花《はな》を咲《さ》かせる。そうすると、その木《き》がそんなに若々《わかわか》しいのは、人間《にんげん》の命《いのち》を吸《す》い取《と》っているからだと言《い》う人《ひと》もいた。でも、そんなことを言《い》う人《ひと》たちも、よくその木《き》の下《した》に来《き》ていた。というのも、たくさんの人々《ひとびと》が行《ゆ》き交《か》う丘《おか》の上《うえ》にある木《き》は、人々《ひとびと》の憩《いこ》いの場《ば》になっていたのだ。

春《はる》はみんなが集《つど》い、ご馳走《ちそう》を食《た》べたりお酒《さけ》を飲《の》んだり歌《うた》ったり踊《おど》ったりするのを喜《よろこ》んでいるように、たくさんの花《はな》を咲《さ》かせた。

夏《なつ》は照《て》りつける日《ひ》ざしから人々《ひとびと》を守《まも》り、気持《きも》ちのよい風《かぜ》をさそいこんだ。

秋《あき》は葉《は》の色《いろ》をさまざまに変《か》えて、人々《ひとびと》の目《め》を楽《たの》しませ、おいしい木《き》の実《み》をプレゼントした。

冬《ふゆ》はすっかり葉《は》を落《お》としても、立派《りっぱ》な枝《えだ》ぶりのまま、北風《きたかぜ》に負《ま》けず堂々《どうどう》とした姿《すがた》で人々《ひとびと》を勇気《ゆうき》づけた。

そして、人々《ひとびと》を楽《たの》しませたり勇気《ゆうき》づけたりするその木《き》は、いつまでも変《か》わらないままだった。そこで村《むら》の人《ひと》たちは、その木《き》は気《き》に入《い》った人間《にんげん》の命《いのち》を吸《す》い取《と》って長生《ながい》きをするのだと信《しん》じ、その木《き》の下《した》で亡《な》くなった人《ひと》を大切《たいせつ》に葬《ほうむ》ったそうだ。

春《はる》、花《はな》の下《した》で踊《おど》りさわいでいて、木《き》の下《した》でたおれて亡《な》くなった人《ひと》。夏《なつ》の暑《あつ》い日《ひ》、木《き》にもたれかかるようにして亡《な》くなった人《ひと》。そうやって亡《な》くなった人《ひと》をおばあちゃんは見《み》たそうだ。

その木《き》の下《した》で人《ひと》が死《し》んだ翌年《よくとし》の春《はる》に咲《さ》く花《はな》は、いちだんと美《うつく》しかった。村《むら》の人《ひと》たちは、人《ひと》の命《いのち》を吸《す》い取《と》った分《ぶん》、美《うつく》しい花《はな》が咲《さ》くのだと信《しん》じていたそうだ。

ところがあるとき、そのことを伝《つた》え聞《き》いた人《ひと》が、太《ふと》い枝《えだ》にロープをまき、首《くび》をくって死《し》のうとすると、なぜか丈夫《じょうぶ》な枝《えだ》が折《お》れて、その人《ひと》は死《し》ぬことができなかった。村《むら》の人《ひと》たちは、その人《ひと》に、

「人《ひと》の命《いのち》を吸《す》い取《と》る木《き》に命《いのち》を吸《す》い取《と》られるどころか、新《あたら》しい命《いのち》を与《あた》えられたあんたは、よっぽどの強運《きょううん》の持《も》ち主《ぬし》じゃ」

「この木《き》は枝《えだ》を折《お》ってまであんたのことを助《たす》けようとしたんじゃから、あんたはまだ死《し》んではいかん人《ひと》なんじゃよ」

などと言《い》って、死《し》ななかったことを喜《よろこ》んでくれたのだそうだ。すると、その男《おとこ》の人《ひと》は、

「ここで、生《う》まれ変《か》わりました」

と言《い》って、男泣《おとこな》きに泣《な》いたそうだ。

「その人《ひと》がおらなんだら、ミクもここにはいなかったかもしれんなぁー」

「……」

「ははっ、それがミクのおじいちゃんなんじゃ。生《う》まれ変《か》わったおじいちゃんはなぁー、それから働《はたら》いて働《はたら》いて、村《むら》にはなくてはならん人《ひと》になったんじゃ。それを見《み》ていたうちの父《とう》さんが、『ぜひ、娘《むすめ》を嫁《よめ》にもらってくれ』と頼《たの》んだんだ。二十近《にじゅうちか》く年《とし》が離《はな》れているので、おじいちゃんは何度《なんど》も断《ことわ》ったんじゃ。おばあちゃんも、イヤとは言《い》えんかったが、イヤでしょうがなかった。その木《き》の下《した》に誰《だれ》もいないときをみはからって、一生懸命《いっしょうけんめい》木《き》に聞《き》いたんじゃ。『どうして、あの人《ひと》を助《たす》けたんですか？』ってね。もちろん、木《き》は何《なに》も答《こた》えてはくれんかったが、木《き》の幹《みき》に向《む》かって泣《な》くとすっきりして、家《いえ》に帰《かえ》っても平気《へいき》な顔《かお》をしていられたんじゃ。あるとき、泣《な》き終《お》わると、反対側《はんたいがわ》の根《ね》っこに座《すわ》っている人《ひと》がいたんじゃ。その人《ひと》は『なんで泣《な》いていたのか』なんてことは聞《き》かずに、『夕陽《ゆうひ》を見《み》に来《き》たんですか？』と聞《き》いたんじゃ。『いいえ』と答《こた》えると、『ここから見《み》る夕陽《ゆうひ》はきれいですよ』と言《い》ってな。『もうすぐ見《み》られるからついでに見《み》て行《い》きなさい』と言《い》うんじゃ。そう、本当《ほんとう》にきれいな夕陽《ゆうひ》じゃった。二人《ふたり》で木《き》の根《ね》もとに座《すわ》って、その夕陽《ゆうひ》を眺《なが》めたら、なんだかいつもここに来《き》て泣《な》いていることがばかばかしくなってね。家《いえ》に帰《かえ》ったら、『明日《あした》、婿《むこ》さんが来《く》るから』と父《とう》さんに言《い》われたけど、もう悲《かな》しくなかったね。そして、次《つぎ》の日《ひ》、家《いえ》に来《き》たのが、前《まえ》の日《ひ》に夕陽《ゆうひ》を一緒《いっしょ》に見《み》た人《ひと》じゃったんじゃ」

「不思議《ふしぎ》な出逢《であ》いだね」

「そうだね。結婚《けっこん》してからも、二人《ふたり》でよく夕陽《ゆうひ》を見《み》に行《い》ったよ」

「ミクもいつかその夕陽《ゆうひ》を見《み》たいな。それに、その木《き》にも逢《あ》いたいし」

「ああ、逢《あ》わせてやりたかったよ」

「……」

「もう、その木《き》はないんじゃ」

「枯《か》れちゃったの？」

「いや、根《ね》こそぎ持《も》ってかれたんじゃ」

「不思議《ふしぎ》な木《き》だから、誰《だれ》か盗《ぬす》みに来《き》たの？」

Naho

「それならまだいいんじゃがな。その木《き》がある丘《おか》は、昔《むかし》その村《むら》の名主《なぬし》さんだった人《ひと》の土地《とち》だったんじゃ。代《だい》がかわってその土地《とち》は村《むら》の人《ひと》じゃない人《ひと》に売《う》られてしまったんじゃ。ちょうど木《き》があったあたりは、眺《なが》めがいいところでな。そこに老人《ろうじん》ホームや病院《びょういん》ができることになって、その木《き》が邪魔《じゃま》になったんじゃ。おじいちゃんだけじゃなく、村中《むらじゅう》の人《ひと》が反対《はんたい》したが、聞《き》いてはもらえんかった。ある朝《あさ》、突然《とつぜん》木《き》がなくなって、大《おお》きな穴《あな》がぽっかり空《あ》いていたんじゃ。村《むら》中《じゅう》の人《ひと》が工事現場《こうじげんば》の人《ひと》に『どこか別《べつ》のところに植《う》えかえるから、どこに運《はこ》んだか教《おし》えてくれ』と聞《き》いたが、『何《なに》も聞《き》いていないんです』と言《い》うばかりで、本当《ほんとう》に知《し》らんかったらしいんじゃ」

「じゃあ、今《いま》でもわからないの？」

「ああ」

「どこかに捨《す》てちゃったのかなぁー」

「村《むら》の人《ひと》の中《なか》には探《さが》しに行《い》く人《ひと》もいたが、結局《けっきょく》わからんかった」

「おじいちゃんも探《さが》しに行《い》ったの？」

「元気《げんき》だったら、探《さが》しに行《い》ったじゃろうなぁ。なんせあの木《き》は、おじいちゃんの親《おや》みたいなもんじゃからな」

「おじいちゃん、病気《びょうき》になったの？」

「そうなんじゃ、木《き》が持《も》っていかれた次《つぎ》の日《ひ》の朝《あさ》、いつまでたっても起《お》きてこなくてなぁー。起《お》こしにいくと、『起《お》きれなくなってしもうた。そろそろわしの命《いのち》も終《お》わりかのう』と言《い》ってな。寝《ね》たきりになってしもうたんじゃ。それからは日《ひ》に日《ひ》に痩《や》せていってな、ある朝《あさ》、何度《なんど》起《お》こしても目《め》を覚《さ》まさんかった」

そうやって話《はな》すときも、おばあちゃんはいつものようににっこり笑《わら》ったままだった。ただ、おばあちゃんの笑《わら》ってる目《め》の奥《おく》には涙《なみだ》がいっぱいつまっていた。

「おじいちゃんが、亡《な》くなる前《まえ》の日《ひ》に、『生《う》まれ変《か》わった人生《じんせい》は楽《たの》しかったよ』と言《い》ってくれてなぁ。それが、今《いま》でもおばあちゃんの元気《げんき》のもとなんじゃ」

そう言《い》ったときには、もういつもと同《おな》じおばあちゃんだった。

VIII

何《なに》も話《はな》さなかったけれど、
一《ひと》つの命《いのち》を分《わ》け合《あ》い、言葉《ことば》以上《いじょう》に
確《たし》かな結《むす》びつきを感《かん》じた。

それまで、記憶《きおく》を失《うしな》ったようにぽっかりと失《うしな》われていた時間《じかん》が、この木《き》の下《した》で走馬燈《そうまとう》のようによみがえった。おばあちゃんとの楽《たの》しかった思《おも》い出《で》、学校《がっこう》でのつらい思《おも》い、いろんなことが、この木《き》につながっていた。

瑠璃色《るりいろ》の鳥《とり》の木《き》から、どうやって帰《かえ》ったのか、よく覚《おぼ》えていない。ただ、森《もり》を出《で》ると、わたしは迷《まよ》うことなく歩《ある》き続《つづ》けた。大《おお》きな木《き》がある丘《おか》まで来《き》たとき、家《いえ》の前《まえ》のベンチにこしかけているおばあちゃんのすがたが見《み》えた。

「おばぁーちゃーん！」

と叫《さけ》んで手《て》をふると、おばあちゃんは、にっこり笑《わら》って、両手《りょうて》をいっぱいに広《ひろ》げてくれた。

「何《なに》か、すてきなものに出逢《であ》えたかい？」

と、いつも散策《さんさく》に出《で》かけたときと同《おな》じようにたずねた。

「うん。すごくすてきなところに行《い》ってきたわ。あっ、そうだ。はい、おみやげ」

と、わたしは瑠璃色《るりいろ》のたまごを取《と》り出《だ》した。

「このたまご、どこで見《み》つけたんだい？」

「瑠璃色《るりいろ》の鳥《とり》の巣《す》を見《み》つけたの。そこで、一《ひと》つもらってきちゃった」

「瑠璃色《るりいろ》の鳥《とり》の巣《す》って、湖《みずうみ》の奥《おく》の森《もり》にある？」

「そう。おばあちゃん、行《い》ったことあるんだ」

「ああ、入口《いりぐち》まではね。ただ、あの森《もり》は奥《おく》が深《ふか》くてな、中《なか》に入《はい》ったことはないよ」

「おばあちゃんも入《はい》ったことのない森《もり》、じゃあ、すごい大冒険《だいぼうけん》をしたんだね」

「そうだよ。それによく無事《ぶじ》に帰《かえ》ってこられたもんだ。瑠璃色《るりいろ》のたまごのおかげかもしれないね」

「このたまごのおかげ?」

「わたしも見《み》るのは初《はじ》めてだが、このたまごには特別《とくべつ》な力《ちから》を与《あた》えるパワーがあると言《い》われているんだ」

「あんまりきれいだったから、二《ふた》つあるうちの一《ひと》つだけ、もらってきちゃった。いつもおばあちゃんにたまごを食《た》べさせてもらっているから、今度《こんど》はおばあちゃんに食《た》べてもらおうと思《おも》って」

「そうかそうか。二《ふた》つ持《も》って帰《かえ》らんでよかった」

「どうして？」

「瑠璃色《るりいろ》の鳥《とり》は、年《ねん》に一度《いちど》しかたまごを産《う》まないからな。しかも、一度《いちど》に一《ひと》つか二《ふた》つしか産《う》まん。そのたまごを全部《ぜんぶ》取《と》ったらどうなる？」

「瑠璃色《るりいろ》の鳥《とり》がいなくなっちゃう」

「そう、それに瑠璃色《るりいろ》の鳥《とり》は二年《にねん》も生《い》きておらんからな。一生《いっしょう》に一度《いちど》、多《おお》くても二度《にど》しかたまごを産《う》まないんだ」

「どうしよう、たまご取《と》っちゃいけなかったんだね。返《かえ》しに行《い》ってこようか」

「どうやって行《い》ったらいいか、わかるかい？」

「ううん。行《い》くときは、瑠璃色《るりいろ》の鳥《とり》の跡《あと》を追《お》って行《い》ったから」

「それに、たまごを持《も》ったまま、森《もり》の外《そと》に出《だ》してくれたということは、そのたまごはプレゼントしてくれるということだよ。返《かえ》さなくても大丈夫《だいじょうぶ》。だけど、もしミクがたまごを二《ふた》つ持《も》って行《い》こうとしたら、森《もり》から出《だ》してはくれなかったかもしれないね」

「……」

「さて、せっかくのプレゼントだ。今日《きょう》は、夕食《ゆうしょく》でいただこうかね」

「うん」

その日《ひ》の夕食《ゆうしょく》では、金《きん》のふちかざりのついた豪華《ごうか》なお皿《さら》の上《うえ》に、花形《はながた》に切《き》られたたまごがおかれ、たまごの上《うえ》には、淡《あわ》いピンクのソースがかかっていた。

「さぁ、どうぞ」

と、おばあちゃんがわたしにすすめてくれた。

「今日《きょう》は特別《とくべつ》。おばあさんが食《た》べて」

「ありがとう。でも、せっかくミクが見《み》つけたんだ。ミクがお食《た》べ」

「ううん。これは、わたしが見《み》つけたの。だから、おばあちゃんに食《た》べてほしいの。おばあちゃんにだって、ときには栄養《えいよう》が必要《ひつよう》よ」

「ふふっ。少《すこ》しはね。じゃあ、半分個《はんぶんこ》ずつ食《た》べるっていうのはどうだい。ミクだって、今《いま》食《た》べとかないと、一生《いっしょう》食《た》べられないかもしれないよ」

「はい、じゃあ、おばあちゃんが食《た》べたらね」

「じゃあ、いただくよ」

そう言《い》って、おばあちゃんは、そのたまごを一口《ひとくち》で食《た》べてしまった。おばあ

ちゃんの口《くち》が動《うご》かなくなったところで、

「おいしい？」

とたずねると、おばあちゃんはゆっくりうなずき、黙《だま》りこんでしまった。わたしも、一口《ひとくち》で食《た》べた。口《くち》の中《なか》に、瑠璃色《るりいろ》の小《ちい》さな宝石《ほうせき》が広《ひろ》がるような不思議《ふしぎ》な味《あじ》がした。今《いま》まで食《た》べたことのない味《あじ》。甘《あま》くも辛《から》くも苦《にが》くも酸《す》っぱくもない味《あじ》。

そして、二人《ふたり》とも何《なに》も話《はな》さず食事《しょくじ》を終《お》えた。何《なに》も話《はな》さなかったけれど、一《ひと》つの命《いのち》を分《わ》け合《あ》い、言葉《ことば》以上《いじょう》に確《たし》かな結《むす》びつきを感《かん》じた。

IX

「真実《ほんとう》のものは失《うしな》われることはないのさ」

その夜《よる》、その日一日《ひいちにち》の不思議《ふしぎ》な出来事《できごと》が頭《あたま》の中《なか》にいっぱいで、ベッドの中《なか》に入《はい》っても、なかなか寝《ね》つけなかった。それでも、うとうとっとしかけたとき、窓《まど》の外《そと》にまたたいている光《ひかり》が見《み》えた。起《お》きあがって、窓《まど》から外《そと》を見《み》ると、丘《おか》の上《うえ》の木全体《きぜんたい》に光《ひかり》の実《み》がなっていた。そして、それぞれの光《ひかり》が、自分《じぶん》の色《いろ》を持《も》ち、自分《じぶん》のペースでまたたいているのだった。

わたしは、おばあちゃんにこのことを知《し》らせたくて、急《いそ》いで部屋《へや》を出《で》ると、おばあちゃんは、わたしの部屋《へや》の前《まえ》に立《た》っていた。

「ミクにも見《み》えたのかね?」

「うん……」

「そうか、見《み》えたか……じゃあ、外《そと》に行《い》ってみようかね」

「うん」

「この木《き》は、『魂の木《ソウル・ツリー》（soul tree）』というんだ」

「『soul tree《ソウル・ツリー》』？」

「美《うつく》しい心《こころ》を持《も》ち続《つづ》けた人《ひと》の魂《たましい》が集《あつ》まる木《き》なんだ。光《ひかり》の大《おお》きさも色《いろ》も輝《かがや》き方《かた》もちがうが、どれもきれいだろう」

「ええ……」

「そして、この木《き》の光《ひかり》を見《み》ることができる人《ひと》も限《かぎ》られておる。ミクの魂《たましい》もいつかこの木《き》で輝《かがや》く日《ひ》が来《く》るかもしれないね」

「わたしの魂《たましい》も？」

「ああ、今度《こんど》ここに来《く》るときは、ここで輝《かがや》く光《ひかり》になるときさ」

「おばあちゃんも、ここで光《ひか》るの？」

「いや、わたしは、この木《き》を守《まも》るのが仕事《しごと》なんだよ。それと、ミクのようにこの家《いえ》に来《く》る人《ひと》の本当《ほんとう》の居場所《いばしょ》を見《み》つける仕事《しごと》をしなきゃならないしね」

「本当《ほんとう》の居場所《いばしょ》を見《み》つけるって」

「ミクは、もう見《み》つけたろう」

「瑠璃色《るりいろ》の鳥《とり》の木《き》？」

「そうだよ。そこで、いろんなものを見《み》ただろう」

「うん……」

「あれが、ミクの命《いのち》のもとさ。命《いのち》のもとがわかったら、不安《ふあん》な気持《きも》ちがなくなったろう?」

「……」

「といっても、ミクは、この『soul tree《ソウル・ツリー》』の光《ひかり》が見《み》える子《こ》だからね。つらいこともあるだろう。ただ、命《いのち》のもとを見《み》た者《もの》は、つらいことに負《ま》けない強《つよ》さを与《あた》えられたはずだ。つらくなったら、この木《き》を思《おも》い出《だ》すんだ」

「どうして『soul tree《ソウル・ツリー》』の光《ひかり》が見《み》えるとつらいことがあるの? わたしは、この光《ひかり》を見《み》ていると、とても安《やす》らかだわ。こんなに心《こころ》が静《しず》かなのに……」

「この光《ひかり》は、たいていの人《ひと》には見《み》えないんだよ。人《ひと》には見《み》えないものが見《み》えるっていうことは、多《おお》くの人《ひと》からは理解《りかい》されないということさ。人《ひと》は目《め》に見《み》えるものしか信《しん》じない。自分《じぶん》の目《め》に見《み》えないものの存在《そんざい》なんて信《しん》じたくないのさ。

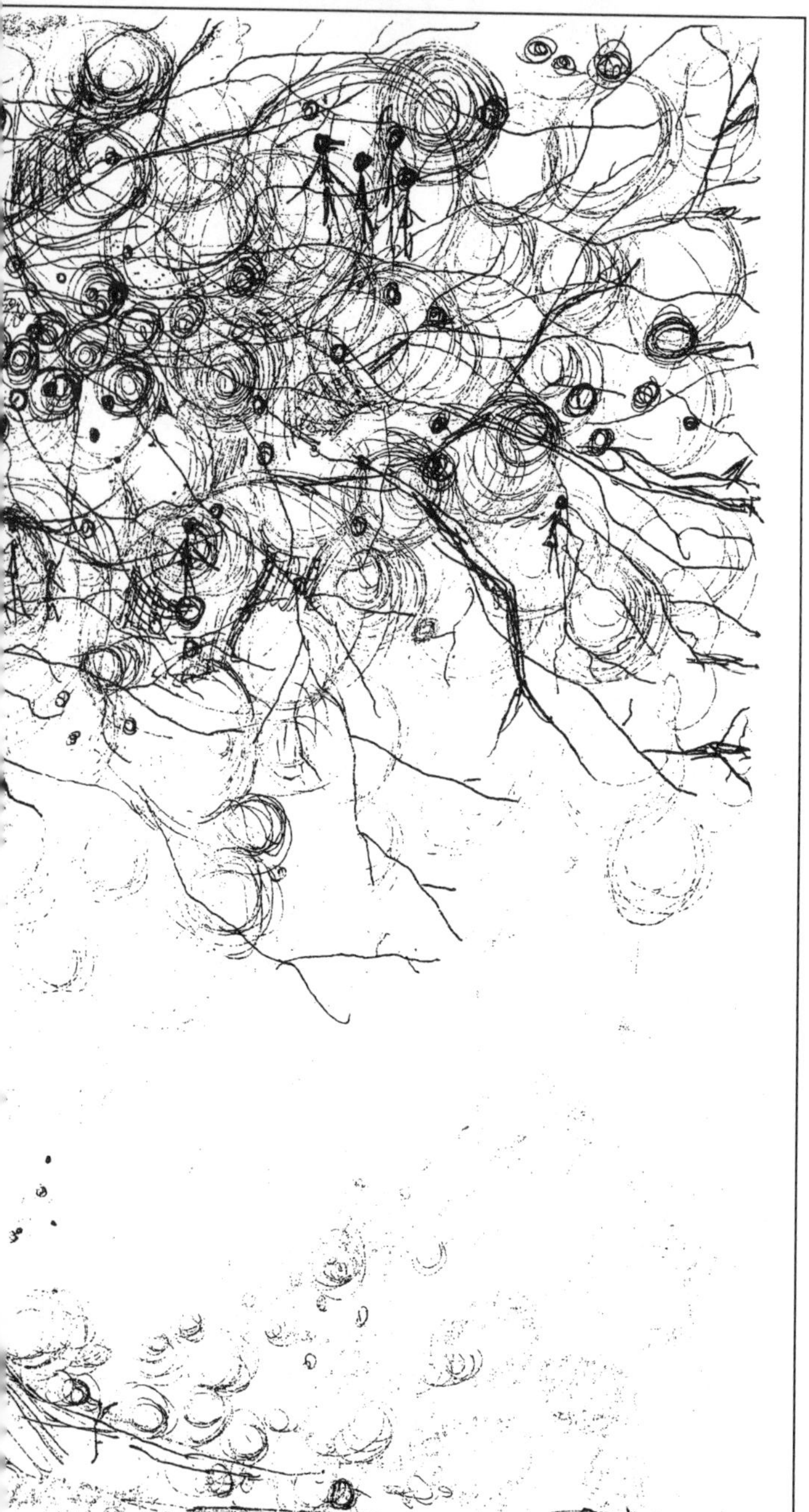

だから、自分《じぶん》には見《み》えないものが見《み》える人《ひと》も信《しん》じない。大切《たいせつ》なのは真実《ほんとう》のことじゃなく、自分《じぶん》の目《め》に見《み》えるものなんだ」

「じゃあ、その人《ひと》たちにとって、この木《き》は真実《ほんとう》じゃあないの？」

「きっと、そうだろうね。『soul tree《ソウル・ツリー》』を見《み》る力《ちから》は、もともとどんな人《ひと》の中《なか》にもある力《ちから》なんだ。だけどね、純粋《じゅんすい》な心《こころ》を持《も》ち続《つづ》けた人《ひと》の目《め》にしか見《み》えないのさ」

「じゃあ、幼稚園《ようちえん》くらいの子《こ》だと、みんなこの木《き》が見《み》えるの？」

「そうじゃないんだ。そんな幼子《おさなご》は、この木《き》を見《み》る必要《ひつよう》がないんだ。この木《き》は、純粋《じゅんすい》な心《こころ》を持《も》ち続《つづ》けるために苦悩《くのう》している人《ひと》だけに見《み》えるんだよ」

「じゃあ、悩《なや》みがなくなったら見《み》えなくなるんだね」

「なくなりはしないさ。目《め》を閉《と》じてごらん」

わたしは、言《い》われるままに目《め》を閉《と》じた。

「どうだい？　木《き》は見《み》えなくなったかい？」

「ううん。同《おな》じように見《み》えるわ」

「そう、真実《ほんとう》のものは失《うしな》われることはないのさ」

わたしが、ついいましがたのことのように思《おも》い出《だ》せるのは、ここまでの記憶《きおく》だ。

おじいちゃんもおばあちゃんもイェシェもあの木《き》も、この世《よ》には存在《そんざい》しない。

でも、わたしの中《なか》には存在《そんざい》する。わたしの居場所《いばしょ》は、どこか遠《とお》くにではなく、わたしの中《なか》にある。そう、「soul tree《ソウル・ツリー》」とともに……。

あとがき

ミクの物語《ものがたり》は、異界《いかい》の物語《ものがたり》だ。異界《いかい》というのは、この世《よ》とあの世《よ》の間《あいだ》にある世界《せかい》だ。

この世《よ》での居場所《いばしょ》を失《うしな》ったミクは、異界《いかい》に自分《じぶん》の居場所《いばしょ》を見《み》つける。異界《いかい》で出逢《であ》ったイエシェは、そのままのミクを受《う》け入《い》れてくれる。かつて、ミクの祖母《そぼ》がそうだったように。ミクは異界《いかい》で、自分《じぶん》につながる命《いのち》の流《なが》れを知《し》る。そして、自分《じぶん》の命《いのち》のもとである魂の木《ソウルツリー》（soul tree）を見《み》つける。

自分《じぶん》の魂《たましい》のありかを見《み》つけたミクが、この世《よ》で生《い》きていく物語《ものがたり》は、きっとあなたの物《もの》語《がたり》とつながっていくにちがいない。

著者プロフィール

Luna（るな）

本名　堂上《どうじょう》典子《のりこ》

広島市在住

さし絵画家プロフィール

平岡《ひらおか》 真穂《まほ》

1985年　広島市生まれ　17歳　高校生

幼少より絵画に興味を持つ

積極的に応募してきた絵画コンクールの入賞数は約300

今作品で初めてさし絵を担当する

魂の木　Soul tree

2003年10月15日　初版第１刷発行

著　者　Luna

発行者　瓜谷 綱延

発行所　株式会社文芸社

〒160-0022　東京都新宿区新宿１－10－１

電話　03-5369-3060（編集）

03-5369-2299（販売）

印刷所　株式会社ユニックス

ISBN4-8355-6409-X C8093